句集

# 小さきもの

三石知左子
Chisako Mitsuishi

朔出版

# 序

西村和子

句集『小さきもの』を読む時、作者の小児科医という職業を念頭に置いておくと、味わいが深まる。
私たちの初心者句会に知左子さんが参加した時、五十代前半の多忙な医師、それも日本に九十一ある赤十字病院の中でただ一人の女性院長と聞いて、毎月の句会への出席が続くかどうか、不安を覚えたものだ。ところが三年間ほとんど休まず、学会で休んだ時は欠席投句を忘れず、初心のうちに千句という「多作多捨」を見事にやり遂げた。それればかりでなく、様々な職業の多忙で勝手な仲間たちの役割分担を決め、夜の初心者クラスを見事にまとめてくれたことに感服したものである。

手袋をはめたる指の語りだす

その頃の句である。指を入れるまでは単なる物としてあった手袋が、はめた途端に生き物になる。この感覚をとらえて巧みだ。手袋をはめるのは外に出かける時。「さあ今日もがんばろう」とか「冷えてきたわね」とか、帰りがけなら「やっと終わった」とか「ああくたびれた」と、その折々の自分の内面を語っているかのようだ。
この句をはじめとして、

聖職の白衣を脱ぎて春闘へ
桜散るストレッチャーの子供にも
母の日やねぎらふよりもいたはられ
髪切りて芒種の雨の被災地へ
草臥れし白衣のままに年暮るる

といった働く女性ならではの日常が生き生きと伝わってくる。たとえ疲労感を詠んだものでも、一生懸命仕事に従事している現役の本音が詠まれている点、生き生きとしているのだ。

学会といふ暇得て十二月

働き盛りの一句である。十二月の予定はびっしり詰まっており、通常の仕事の量も一年でいちばん多い。学会も仕事の一部なのだが、それを機に新幹線に乗ったり、飛行機を待ったりする。普段の仕事場とは違う時間が持てる。それを「暇得《いとま》て」と表現するくらい、日常は仕事に追われていることが察せられる。

この句も新幹線の席に落ち着いて、通勤とは違う風景を見た時に生まれたものだろう。あるいは空港の待ち時間にふと気分転換ができた時だろう。こうした句に出会うと、時間があるから、暇があるからいい句ができるというものではないことを、痛切に感じる。働き盛りの多忙な時期、人生の今しか詠めない、充実した光を発している句だ。

そんな時期、異質な作品が並んでいる。

巴里の夕アスパラガスは象牙色

パリ麦秋ガイドに昔大志ありき

自転車をプジョーに積みて夏期休暇

私も同道したのでよく覚えているが、自分へのご褒美として数日の休暇を得た。その後も季節を変えて幾度かパリの休日を楽しんだものだが、ある時は遅れて参加し、またある時は一足先に帰国した知左子さんをよく覚えている。有能な女性は時間の使い方もうまいのだ。

大根切る細胞液が迸る
肺胞のすべて膨らむ風五月
人類を産みしアフリカ大西日

こうした理系の発想から得た作品が仲間を刺激してくれたことも忘れ難い。

風雪に耐へ耐へかねし無人駅
札幌の風まだ痛し春ショール
リラ冷えの解剖室の白き布
海明けの浜に無言の十五歳
たんぽぽの絮運河から樺太へ

札幌出身の作者には北海道に取材したと思われる作品が多い。ある句は記憶に残る光景、ある句は自画像であろうか。中でも次の句に注目した。

北国に石炭手当今もなほ

現代では暖房手当とか、若い人好みの横文字表現とかがあるのだろうが、作者にとっては「石炭手当」がもっとも馴染んだ呼称なのだろう。作者のご両親も長い間この言葉を使っておいでなのだろう。厳寒の地では、こうした特別給付が慣習になっている。「手当」という言葉がゆかしい。時代は変わっても冬になると特別に支給されるわけだから、北国に生活する厳しさは昔と変わりないのだ。

会議振り返りホームの風涼し

帰宅の電車を待つ間にもこうした思いが胸を横切るのだろう。会議が終わったからといって、すべてが片づき終了したわけではない。今日の会議をふと振り返る時がある。その時の思いを語っているのが「涼し」という季語である。プラットホームに佇んで、風の涼しさを実感している、ということは、心境も涼しいのだ。あれでよかったとか、今日はすがすがしい意見が聞けたとか、自分の主張をきっぱり言えたなど、さまざまに想像できるが、決して後をひくような重たい気分ではない。そんな折に句ごころが訪れたということも新鮮だ。

託児付き小児科学会柏餅

赤子とて男の子の匂ひ梅雨に入る

病室が特等席や大花火

産声をあげよ今宵は良夜なる

仕事に取材した作品に冴えと深みが加わったのもこの頃だ。

秋の雲人智及ばぬことばかり

煮凝掬へず人間も救へない

こうした挫折感や医学の限界を実感せざるを得ない作品が、作者の医師としての成長を語っていよう。

しばれると独りとなりし母の声

札幌で一人暮らしになったお母さんの電話の声の寂しさや心細さを、「しばれる」という一語に語らせている。この言葉は北国の方言がそのまま季語になった特殊な例だが、実感に満ちている。

句集中に家族のことを詠んだ句がそれほどあるわけではない。

いつまでもメロンソーダの息子なり

初電話父は補聴器取りに立ち

散歩より戻りし夫の手には蛇

爽やかやこの人と決め三十年

病室の父の眼鏡に秋の雲

蓑虫や釘一本も打てぬ夫

など離れ住むご両親をはじめとした家族を詠んだ作品が、句集に幅を与えている点も注目したい。

桜草十代の母健気なる

この句も作者の小児科医という職業が前書きのようになっている。職業柄、十代の母親とその子供を診察することがあるのだろう。十代の母と聞くと、私たちにはニュースとして取り上げられるような未熟な母親のイメージがあるが、実際一人一人と向き合っている作者には、この句のような実感があるのだろう。
十代で母親になって一生懸命子育てをしている人に対する思いが、「桜草」という季語に託されている。診察室の窓辺に置かれたものだろうが、「ヒヤシンス」では、かよわげな感じは出ない。この句を読んで救われた思いを抱いたのは私だけではないだろう。

針供養命救ひし針たちも
聖五月傷なき肌へＢＣＧ
寒晴や離島の子らの歯の白く
三歳児親父のやうな咳をして

仕事を詠んだ句にも、本質に触れた句からおかしみのある句まで、幅が生じてきたと言えよう。

## 賑はひの去りて女将と川床涼み

「川床」と書いて、鴨川では「ゆか」と読む。耐え難い京の暑さを凌ぐ工夫として始まった「川床涼み」「川床料理」である。土砂降りの時は座敷に移らなければならないし、冷房が効いた部屋よりは盛夏の川風は生ぬるい。それでも京都の夏の風物として現在も鴨川の川床は人気がある。

この句は飲食を楽しむ人々で賑わっていた川床が、客を送り出して一段落した後のことだろう。東山の山影もすっかり闇に沈んで、夜風が涼しくなった頃。忙しく立ち働いていた女将も一息つく余裕が出てきた頃。観光客は去って、馴染みの客だけが食後酒を楽しんでいるといった感じ。いわゆる一見《いちげん》さんでは味わえない、京の馴染み客ならではの贅沢な俳句。この句からは心の余裕が感じられるとともに、働く女性としての共感をも読み取ることができる。

働く女性の句集として読みごたえを感じるのは、仕事に関わる句ばかりでなく、人生の今だから詠める句が多くを語っているからだ。
働き盛りの医師が、日常のあるがままを句に詠み、震災や疫病を乗り越えて詩ごころを持ちつづけ、現役のうちに句集の形に成し得たことは意義深い。

令和五年師走

句集　小さきもの　目次

# 句集　小さきもの

# Ⅰ 分娩室

二〇〇九年〜二〇一三年

# 六十五句

仄暗き分娩室の淑気かな

子を待ちて七草粥の緑失せ

丹田に力を込めて初名乗り

句集から好きな十句を初便

風雪に耐へ耐へかねし無人駅

大根切る細胞液が迸る

子の好きなバニラ匂はせ吸入器

注射して泣き声元気春隣

早足の観光ガイド春寒し

流氷の重なり合ひて夜毎泣き

バーナーに翳すフラスコ春の雪

札幌の風まだ痛し春ショール

微酔の春三日月の寝そべりて

朧夜のテールランプを見送りぬ

聖職の白衣を脱ぎて春闘へ

四月馬鹿分娩室は電波時計

おはやうの声やはらかに花の雲

詰襟の顎あがりたる新入生

桜散るストレッチャーの子供にも
リラ冷えの解剖室の白き布

食卓のすずらん北海道とほし

花アカシア父に抱かれし日の遠く

肺胞のすべて膨らむ風五月

新樹光口髭ぴんとベルツ像

青嵐若きポプラはよく撓り

曇天に頭痛の貌の鯉のぼり

母の日やねぎらふよりもいたはられ

夕薄暑馬券手に聞くファンファーレ

髪切りて芒種の雨の被災地へ

入梅や空気の粒子動かざる

雨垂れに食らひつく鯉半夏生

単純がうましと言はれ冷奴

いつまでもメロンソーダの息子なり

フランス　五句

巴里の夕アスパラガスは象牙色

パリ麦秋ガイドに昔大志ありき

黴の香の白衣は壁画修復師

ドゴール像一歩踏み出す夏の雲

自転車をプジョーに積みて夏期休暇

小児科へ付き添ふ父の半ズボン

撥乗せて頤涼し曲芸師

川床開き所轄は鞍馬消防団

人斬りもなきまま終はる夏芝居

デンデラ野下りて里の草いきれ

熊撃ちの日焼の笑顔歯は欠けて

蚊喰鳥乱れて夜の動物園

人類を産みしアフリカ大西日

休暇明小児科外来静かなり

給食室湯気立ち上がり休暇明

シロクマのダイブ豪快涼新た

頬杖をつかぬと決めて秋高し

赤い羽根女子高生ら声競ひ
アリゾナの赤土照らす後の月

だみ声のシカゴブルース秋深し

菊花展地面にしやがみ審査中

夜神楽や村の男が神となる

色褪せし立看残し冬に入る

汝が胸の凩聞くや聴診器

学会といふ暇得て十二月

手袋をはめたる指の語りだす

看護婦はマニキュアをして年忘

悴むや軽きままなる募金箱
聖夜劇マリアもヨセフも五人づつ

アフリカは命の軽し降誕祭

草臥れし白衣のままに年暮るる

冬帽子被りて眠る小さきもの

# II 産声

二〇一四年～二〇一六年

八十三句

初電話父は補聴器取りに立ち

初刷の存外読みでなかりけり

パリ　五句

トランクを引けば底冷石畳

北風やカフェのマダムの鉄火肌

パリジェンヌ頰染め春は遠からじ

踊り子の臍細長き余寒かな

人生も唄も酒場に春灯

犬ふぐり咲いてゐるゐる取り囲む

木の根あく木々の呼吸が広げゆく

海明けの浜に無言の十五歳

持てさうな物をえらびて苗木市

風光りオリーブオイル量り売り

騎士消えし城塞の町猫うらら

宝石店飾り窓には染卵

春の闇神将どこを睨みたる

昇進の宴に届く春の雷

自転車に旗立て春の地方選

たんぽぽの絮運河から樺太へ

春宵の神話となりしワイン開け
春惜しむその美酒のひと雫まで

リラの町名曲喫茶そのままに

学生街彼に彼女に夏近し

湧水に光を撒きて若葉風

菖蒲湯にぐぐんと伸びする赤ん坊

託児付き小児科学会柏餅

ジャムパンをふたつに割りて桐の花

熊本地震救護支援　五句

阿蘇緑雨赤き救護の合羽着て

車中泊続く卯の花腐しかな

避難所に夏つばめも来くまモンも

被災地に働き西瓜振る舞はれ

救護支援任務完遂ビール干す

扉から軍艦マーチ街薄暑

噴水の上がると見せて裏切らず

無人駅草刈鎌を手に降りて

木下闇手に血の匂ひ鉄の味

海猫が汽笛に答ふ夏の霧

赤子とて男の子の匂ひ梅雨に入る

汗ばみし背ナに吸ひ付く聴診器

十五歳スクール水着にをさまらず

朝涼や石のベンチの心地よく

散歩より戻りし夫の手には蛇

青臭く薬臭くて鬼灯市

本職はナースと鬼灯市売り子

夏の夜や画廊のマダム女豹めき

赤坂の辺り潮の香熱帯夜

大阪のおかんヒョウ柄西日濃し

学会のホテル水着のゆきかへる

波の音粘度増したる熱帯夜

病室が特等席や大花火

太刀振ればシャリーンシャリーンと夏芝居

会議振り返りホームの風涼し

八月の谷川岳の水甘く

集落は滅びゆくとも天の川

小児科の七夕竹のややや低め

秋天やすつくと槻の男振り

爽やかやこの人と決め三十年

阿弥陀堂座せば棚田の早稲の香も
産声をあげよ今宵は良夜なる

病院は不夜城となり台風圏

台風の目に居てブラッディ・マリー干す

雨に濡れ焼け跡のごと曼珠沙華

神官の祓へば伏せる稲穂波

手を浄め十月桜見上げたる

秋の雲人智及ばぬことばかり

陽を求め山の底よりあきつ湧く

滑走路継ぎ目割れ目にねこじやらし

キャスターの赤い羽根つけ詐欺ニュース

鉄柵に朝露結ぶ猛獣舎

浅草にラーメン啜る文化の日

むかご飯地域医療を論じつつ

千歳飴診察室にお福分け
三河屋もコンビニとなり枇杷の花

雪螢ローズマリーの葉に休み

かいつぶりかぷと潜りてぽこと出る

出張も旅と思はむ初時雨

献上は天守一棟冬麗

忙中の華やぎ求め羽子板市

雛僧は欄間に攀ぢり煤払

餅搗や島の子らの手分厚くて
着ぶくれて兄追ひかけて兄真似て

手袋のぐつしよりしてもまだ遊び

胸像の誰とも知れず冬ざるる

煮凝掬へず人間も救へない

# Ⅲ

# つむじ

二〇一七年～二〇一九年

九十九句

初仕事糊ぱりぱりの白衣着て

故郷の電話に浮かぶ初山河

初富士に勾玉のごと雲かかり

御曹司子狐となり初芝居

溜まりたる新聞広げ小正月

小正月ロボット掃除機充電中

大寒やトリアージてふ見殺しも

東京に雪掻きする家しない家

ストーブで沸かす薬缶のローズティー

日脚伸ぶ保育器の児も足伸ばし

ロンドン　四句

セーターが制服老舗ステッキ店

車呼ぶ口笛尖り寒戻る

長針は淡雪払ひビッグ・ベン

骨董に人形の首冴返る

しやつしやつとペーパーナイフ冴返る

針供養命救ひし針たちも

モツ煮込一皿バレンタインデー

くちびるに微熱残れる春の雪

赤ちゃんにつむじが二つクロッカス

往診の白衣の下の春セーター

鬨の声上げて辛夷の蜂起せり

三椏の花よ女よ俯くな

漱石も虚子も若くてつくしんぼ

どうしても傾ぎてしまふ巣箱かな

ヒヤシンスチョークの粉を被りたる
気を付け礼てんでばらばらチューリップ

北国の雲疾く流れ花林檎

鉛筆のやうに箱詰アスパラガス

春宵の銀座路地裏迷ひたき

まりこてふ昭和の女優春深し

聖五月傷なき肌へＢＣＧ

夏兆すエンジン音に波音に

新樹の夜女神アテナの使者戻り

麦秋や昔学びしコルホーズ

下町の産院繁盛姫女苑

平成三十年全国赤十字大会

雅子妃を手招く皇后夏手套

フランス　六句

穂麦揺れ検札車掌ゴッホのやう

噴水のしぶき巻毛に縮毛に

夏シャツのギャルソン注文数合はず

夏つばめロシュフコー城塒とし

王冠の刺繍のシーツ夏館

夏寒し古城に人魚棲むといふ

よそゆきの母に連れられソーダ水

バーの灯のこぼれ紫陽花造花めき

ニスの香に香水混じり女子大学

頑なに前例踏襲梅雨寒し

梅雨空へ演習ヘリの重低音

取巻きはどくだみばかり英雄像

出る杭に男の嫉妬半夏生

朝涼やピッと一笛女性車掌

ツンとした乳房透かして大夕立
十代の白シャツ無防備無鉄砲

菓子箱に子の宝物火取虫

炎帝も共に降り立ち地鎮祭

熱帯夜脳脊髄液沸騰す

ギヤマンの猪口の大きめ暑気払

四万六千日乙女らは肉食ひに
病院の敷地拝借鉾を組む

鉾建の通りの先も鉾組みて
毛氈のバーの奥なる納涼川床

土用鰻医師とて肉体労働者

閻魔より姫様怖し夏芝居

外野席目当ての娘からビール買ふ

ウヰスキーボンボンシャリッと灯涼し

カレー食ひ残る暑さに立ち向かふ

今様の踊拳骨突き上げて

この会議不要不急や秋扇

サーカス団忽然と消え花木槿

秋の園小さく揺れるものばかり

大玉に父転がされ運動会

秋の雲ふらりこだまに乗り込んで
鰯雲そこに答はなけれども

選択肢あと幾つある鰯雲

台風に追はれそそくさ会議終ふ

不器用な彼に剝かせて梨甘し
束縛を人と葡萄は糧として

もてなしのはうたう葡萄棚の下
ピペットの一滴膨らむ今日の月

病室の父の眼鏡に秋の雲

居留地の瓦斯灯つけば月隠れ

秋の灯のちろちろともり琵琶湖岸

冷まじや盗品飾る博物館

花柊気づきし時に香りたる

御蔵島巡回診療　三句

聴診器持ちて離島へ今朝の冬

離島へとヘリは冬雲攪拌し

寒晴や離島の子らの歯の白く

会議録書き終へ勤労感謝の日

校庭の夜空むささび自在なる

哲人の名を持つインコ冬館

曇りたる鏡いくつも冬館

夕暮の霙車内に気鬱満ち
三歳児親父のやうな咳をして

懐に鯛焼あれどふと寂し

鰭酒や緩き帯よりマッチ出し

大勢の忘年会一人の年忘

クリスマスリース舞妓の簪も

歳末のアメ横人まで売りさうな

ブーツ履くたちまち意志の目覚めたる

座礁船行き場失ひ冬ざるる

# Ⅳ　新病院

二〇二〇年～二〇二三年

九十四句

二〇二〇年

安全靴ずしり現場の四日かな

六階の窓から眺め雪籠

寒風に遊びたる子はよく眠り

シェパードの耳そばだてる冬の水

冬薔薇手折れよ愛を乞ふならば
結晶を見せてゆつくり雪の降る

しばれると独りとなりし母の声
まなじりの紅初々し春灯

風光る大縄跳びに飛び込まむ

国際線乗客一人四月馬鹿

死神に手首むんずと木下闇

何時の間に鬱陶しきまで緑濃く

呱々の声雄々しくあがる端午かな

紫陽花の高さに傘や一年生

アイスティー薄くなりゆき雨止まず

琉金の糞とて優雅揺らめけり

翅畳むからくり不思議天道虫

龍の鳴く声は鈴の音堂涼し

疫病の昔も今も粽

医院とて息災願ひ粽

心音二つ育つ夏痩ものともせず

共切れのマスクで決めるアロハシャツ

バナナ盛る建設現場休憩所

じゃがいもや無骨な男ほど優し

職長はヤンキー上がりとろろ汁

手に馴染む貝殻拾ふ秋の浜

新走米寿の母にたんと注ぎ

幼稚園バスは黄色よ小鳥来る

蓑虫や釘一本も打てぬ夫

冬近しメニューにジビエ加はりて

山茶花や女の一生長くなり

レノン忌と呼びたきこの日冬青空

新病院完成図載せ賀状書く

書初や新病院の「定礎」の字

二〇二一年

冬木の芽タンクの中に受精卵

狂言師ふはりと飛んで春立ちぬ

三月や人事パズルのごとく嵌め

春の宵ブランデーにはまだ早し

風光る新病院の大玻璃戸

春の雲霊安室は最上階

桜草十代の母健気なる

みどりごの頰のごとくに春の月

桜蘂降る疫病に術もなく

草餅や寿退社死語となり

産院は母子センターへ花は葉に

北限の狭山新茶の味の濃く

更衣肘の若さの眩しかり

白バイの沈着果敢男梅雨

消防車洗ひ終へたる夏至の午後
夜濯や気が晴れるまで水を替へ

片かげをはみだしさうな妊婦かな

朝曇牛乳壜に滴垂れ

上京の代はり夕張メロン来る

祭笛物悲しくも調子よく

きゆうきゆうたり二百十日の等圧線

おはやうに返事しない子吾亦紅

鳥渡るそろそろ母に会ひに行かむ

秋灯の色さまざまの団地かな

資源ごみ分別回収文化の日

職員と面談面談日短

忘年会と言はず情報交換会

籠りたる日々を連ねて日記果つ

二〇二二年

夜勤者の御慶に続き引き継ぎへ

マック手にメールチェックや事務はじめ

寒波来る手を滑りたる皿一枚

葉牡丹や花壇一気に混み合ひて

春寒し手切金にも裏のあり

暗渠より東京湾へ春の水

花菜風卵サンドを頬張りて

花衣詰めぬ京への旅鞄

枝垂桜都大路のそここに
春日傘畳みて路地の和菓子屋へ

ボタンかけずベルトも締めず春コート

野遊びへ一山越ゆる路線バス

ほんのりと薄荷の匂ふ緑雨かな

梅雨入りの東京を飛び十勝晴

梅雨寒や画廊にあまた鋲の跡

祇園囃子微か駅にもロビーにも

鴨川の灯消え行く夜涼かな

賑はひの去りて女将と川床涼み

通勤の電車に一人サンドレス
ベテランのドアマン汗一滴見せず

土用鰻宿泊療養終へし日に
瞑想へ誘ふ香りジギタリス

好きに伸び好きに撥ねをり水引草

世田谷はかつて在所や秋祭

歯を立ててパキッとシャインマスカット

紅テント芝居はねれば虫の闇

ずつしりと肩の下がれる菊人形

北国に石炭手当今もなほ

戦艦の沖に停泊大根引く

冬めくや指紋認証感知せず

流木を中州に残し冬に入る

五年日記買ふ定年まであと四年

句集　小さきもの　畢

# あとがき

今から二十数年前、歌舞伎座も建替え前で一幕見に定員がなかった頃です。私が診ていた患者さんのお父様が歌舞伎の役者さんというご縁で後援会に入り、そこで親しくなった方に誘われたのが「ひとまく会」でした。この会は毎月、歌舞伎座近くの居酒屋に三々五々集まり、最後の一幕の時間になると歌舞伎座の四階に上がり、一幕見席から大向こうの掛け声をかけつつ芝居を観るグループでした。

ある時、この「ひとまく会」のリーダーが俳句をやりたいと言い出し、人数合わせに半ば強引にその句会に入れられたのが私の俳句との出会いでした。当初は句歴のある仲間が指導役でしたが、やがて俳人の指導者を招きたいということになり、お出でいただいたのが西村和子先生でした。季語が何かも分かっていない句会に辛抱強くご指導くださったと、今更ながら感謝しております。

句会を重ねるうちに和子先生から『知音』にボンボヤージュという初心者の句会があるから参加してみては？」とお誘いを受け、意を決して夜の部に参加してから十余年。今日まで俳句を続けることができたのは、私が作る仕事の句を「今のあなたしか詠めない句」と励ましてくださる師と、三年間、句会もその後のお酒も共に楽しく過ごした「ボンボヤージュ」の仲間のお蔭です。そして、その時々の情景や自分の心持を十七音に凝縮した句は、何年経ても読むたびにその時の記憶が瞬時に解凍され、生き生きと蘇る魅力に惹きつけられたからです。

どの医師にも思い出深い患者さんがいますが、小児科医の私にとっては、NICU（新生児集中治療室）に配属された初日に生まれた出生体重1000グラム未満の双子の女の子です。この双子の赤ちゃんの主治医となったことがきっかけで、私は周産期医療に携わるようになり、そして今回の句集の題名を「小さきもの」としました。受け持ちだった双子はやがてロックバンドGLAYに夢中な高校生に成長し、その後一人は結婚し、丸々とした3キログラムの男の子を出産して母親となりました。小児科医は、希望と未来ある宝物を託された職業であると強く実感しています。

和子先生の「句集を出すなら現役のうちに」とのお言葉に、三年前に準備を始めましたが、二〇二〇年に始まった新型コロナウイルス感染症の流行と、私が勤務する病院の移転新築事業が本格化したため、句集作りは中断せざるを得ませんでした。しかしその三年間に疫病も落ち着きを見せ、新病院も無事完成し、それらのことを詠んだ句を加えて句集をまとめることができ、論文の締切りに間に合った気分です。

上梓にあたり、和子先生には選と序文を、行方克巳先生には帯文と推薦十二句をいただきました。理屈が先に立つ私に詩心の種を蒔き、芽を伸ばしてくださいましたことに、心より感謝申し上げます。

また俳句の出会いをくださった「ひとまく会」の方々、初心の頃から句集作成に至るまで親身に助言くださいました高橋桃衣さん、俳句の楽しさを教えてくださった「知音」の先輩方々、今も続く大切な「ボンボヤージュ」の仲間の皆様、ありがとうございます。そしてこれからもよろしくお願いいたします。

新病院のために制作いただいたレリーフ彫刻「抱擁のイメージ」を、今回の句集の表紙にしたいという私の希望を快諾くださいました彫刻家中谷ミチコ氏に御礼申し上げます。

最後に密かに句材とさせてもらった病院のスタッフ、小児科の子どもたちとそのご家族、そして私の家族にこの句集を捧げます。

二〇二三年十一月

三石知左子

## 著者略歴

三石知左子（みついし　ちさこ）

1955年　北海道札幌市生まれ
1982年　札幌医科大学卒業
1982年　東京女子医科大学小児科入局
1986年　同大学母子総合医療センター配転
1999年　葛飾赤十字産院副院長
2006年　同産院院長
2009年　「知音」入会
2014年　「知音」同人
2021年　新築移転に伴い病院名改称し
　　　　東京かつしか赤十字母子医療センター院長

医学博士・小児科専門医
俳人協会会員

共著書『35歳からの“おおらか”妊娠・出産』（亜紀書房）
講演録『地域で母子を支える～周産期医療の現場から～』
（NPOブックスタート）

現住所　〒168-0072　東京都杉並区高井戸東1-7-7

句集　小《ち》さきもの

2024年3月1日　初版発行

著　者　　三石知左子

発行者　　鈴木　忍

発行所　　株式会社 朔《さく》出版
〒173-0021　東京都板橋区弥生町49-12-501
電話　03-5926-4386　　振替　00140-0-673315
https://saku-pub.com　E-mail　info@saku-pub.com

装　丁　　奥村靫正・星野絢香／TSTJ
印刷製本　中央精版印刷株式会社


ISBN978-4-911090-06-0　C0092　¥2500